Marejeo kutoka kisiwa cha paka

Gitau K. Iizawa / Artwork: Katsuyuki Takahashi

FUGENSHA

猫島からの帰還

飯沢耕太郎

挿画　高橋克之

ふげん社

目次

1

麻袋

Guni

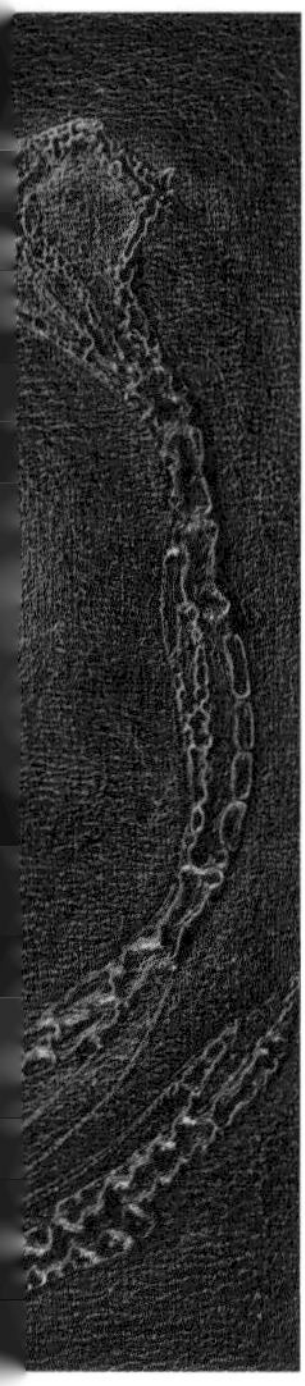

ひときわ高く、出航の合図の銅鑼が打ち鳴らされる。

我がつれあい、猿の顔をした子とともに、夜明け前に猫島を出発する。縄でぐるぐる巻きにされて、頭から麻袋をすっぽりとかぶせられ、そのまま舟底に放り込まれたのだ。森の奥で啼き騒ぐ鳥たちのように、祈りとも祝福とも呪詛ともつかぬ声の波が、わたしたちの周りで渦巻いている。腐った魚のような匂いが、荒々しく鼻腔を刺し貫く。


——どこに行くんだろう？　鍋の底で煮崩れていく野菜みたいな心持ちがする。ここは暗くて寒くて臭いよ。

——心配するな。

——でも……。

——大丈夫だ。しばらくすれば慣れてくるさ。


とは言ってみたものの、わたし自身も振り子のように前後左右に揺れる舟底で、躰の位置を定めるのに心を砕いているに過ぎない。

ひときわ高く、出航の合図の銅鑼が打ち鳴らされる。錨を巻き上げるガラガラという音に入り混じって、猫島の数千匹の猫たちが、いっせいに悪意を込めた叫び声を挙げるのが聞こえたような気がする。


――いつもこんな具合だ。不意に麻袋に放り込まれて、舟に載せられ、知らぬ間に次の土地に運ばれていく。

――文句を言っても仕方がない。まだ先は長いよ。いまのうちに眠っておくといい。

――でも……。

――心配はいらない。俺はずっと離れやしないから。


舷側を洗う波の音が聞こえてくる。船梁《ふなばり》の軋む音がそれに重なる。


――あなたとぼくの骨が、きしきし鳴っているようだ。

――傷はまだ痛むかい?

――ほんの少し。

2

対岸Ⅰ

Ng'ambo I

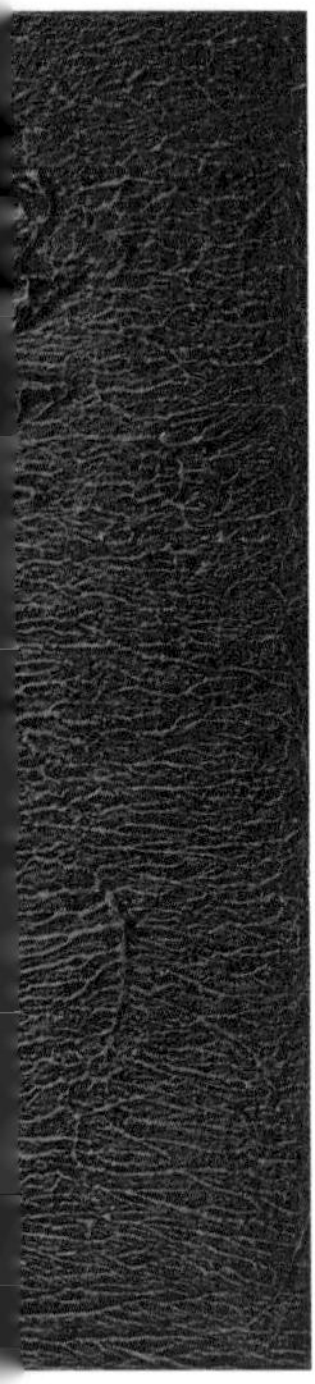

わたしたちを運んできた水の男たちは
額に星のある大鴉に変身して

赤い泥の土地に放り出される
わたしたちを運んできた水の男たちは
額に星のある大鴉に変身して
高曇りの空に消えていった

この土地が
他のすべての場所にとって
対岸としての位置にあることが
火鼠の皮衣をまとった老人《ムゼー》たちによって告げられる

――びくびくすることはない
　あんたらにはまだ　名前がないのだから
　あんたらもまた　泥の塊にすぎないのだから

――俺が名前をつけてやろう
もう一人の老人が

歯のない口を　もぐもぐさせながら
震える指をわたしたちに向ける

――そっちのでかいやつ
　お前は「大きな心配《ワシワシ　クーブワ》」だ
　小さい方は「尻尾のない猿《キーマ　ビラ　ムキア》」だな

――いや違う
三人目の老人が口から泡を噴きながら言いつのる
――「キリンの首《シンゴ　ヤ　トゥイガ》」と「きらきら星《ニョタ　メタメタ》」だ

わたしたちが麻袋から
ごそごそ
這い出してくるのを見て
古い皮を脱ごうとしている蛇のようだと
老人たちは顔じゅうの皺を蠢《うごめ》かせて笑った

裸で震えているわたしたちに
やし酒をたっぷり飲ませてくれた
赤い泥を躰に塗りたくり
彼らが身にまとっていた火鼠の皮衣で包みこんでくれた

――さあ　どこにでも行くがいい
　でももう二度と戻ってくるなよ

小さな老人たちのなかでいちばん小さなひとりが
そう言いながら背中を蹴とばして
わたしたちを　石と骨の土地へと送り出した。

3

猫島

Kisiwa cha paka

住人たちは細い道の両側に、
白蟻の塚のように土を盛り上げて固めた家に住んでいる。

猫島のことを想い起こそうとすると、乾季の砂地に水路を穿っているような気分になる。それは二重に虚しい作業だ。絶えず吹きつける風、打ち寄せる波のために、島は常にかたちを変えているのだから。また、島自体が浮草のように漂っているので、それが今はどのあたりにあるのか、まったく知ることができないのだから。

猫島の本当の名前もよくわからない。誰に聞いても違った答えが返ってくる。だが猫島と呼ばれる理由が、この島の実質的な支配者である夥しい猫の群れにあることは明らかである。猫たちはこの島のありとあらゆる場所に出現し、我がもの顔に徘徊している。だが不思議なことに、彼らの存在はわたしたちの生とは二重映しになっているらしく、直接的に影響を及ぼすというわけではない。彼らの姿や声は光や空気のようなもので、この島の住人たちに大きな作用を及ぼしているにもかかわらず、ほとんどその関心を引くことはないようだ。昼夜を問わず、目の前に突然出現し、狂おしげに鳴きわめき、噛み合い、交わり、喉を鳴らしてすり寄ってくる猫たちに、この島に来た最初の頃は、ずいぶん悩まされたものだ。だが、わたしも次第にその色と音がついた幻に慣れて、あまり気にならないようになっていった。

猫以外の猫島の住人たちについては、あまり言うべきことを持たない。というのは、彼らの言葉はわたしには理解しがたく、頻繁に発せられる［W-A-Z-I］あるいは［W-A-Z-I-M-U］という単語を除いては、何を言っているのかよくわからないからだ。この［W-A-Z-I］、あるいは［W-A-Z-I-M-U］という、もはや耳慣れた言葉は、挨拶、祝福、呪詛、嘲笑、憐憫などを含む、極めて多様な意味で用いられるらしく、わたしが最初に知り合うことになったある女などは、この二語以外を一切喋らなかった（少なくともわたしにはそう思えた）。

猫島の住人たちがどのように暮らしを立てているのか、わたしにはよくわからなかった。市場や路上で、食べ物や日用品を商う少数を除いては、男も女も毎朝、半ば崩れかけた街の門をくぐり抜けて、荒野の方へと出てゆく。昼の間は、街はほぼ無人となり、ひっそりと静まり返る。そして日の暮れる頃になると、彼らは両腕を腰の後ろに組み、歯と歯の間にその日一日の労働の報酬らしい一片の黄金を噛みしめながら、重い足取りで戻ってくる。門のあたりには、いつでも街に残っていた子どもや老人たちが集まっていて、［W-A-Z-I-M-U］と歓声をあげて彼らを迎える。なかには、感きわまって泣き出す者さえいる。むろん、住人たちの頭や肩の上には猫が一匹ずつ載っていて、あたかも

むろん、
住人たちの頭や肩の上には
猫が一匹ずつ載っていて、

彼らの分身のように辺りを睥睨《へいげい》している。

街自体の構造はきわめて単純であり、この地方の他の街とも似通っている。日干し煉瓦を積み上げた壁が、東西に細長い楕円形に街を取り囲み、その西の端に唯一の門扉が開いている。壁にはところどころ崩れ落ちている箇所があって、むろん街の出入りがその門だけに限られているわけではない。だが原則として、街に入るのはその扉から、しかも太陽が沈んでから一時間ほどの間に限られている。街から出ることができるのは、同様に、陽が昇ってから一時間ほどの内である。奇妙なのは、街の境界である壁そのものが、伸び縮みしているように見えることだ。どうやら門扉のある西の端を支点として、呼吸しているように蠢いているらしい。とすれば、夜の間に何者かによって日干し煉瓦の一部が崩され、ふたたび積み上げられるのだろうか。それとも、海に浮かぶ猫島と同様に、街自体が荒野を移動しているのだろうか。

街の唯一の集落は、背骨のように東西に伸びる一本道に沿って広がり、そこから肋骨のような細い道がいくつか伸びている。その心臓の位置に、広場と祭壇のある集会所らしき建物がある。住人たちは細い道の両側に、白蟻の塚のように土を盛り上げて固めた家に住んでいる。その配置は、見かけ上は出鱈目としか思えないが、何かしら彼らにとっての厳密な規則性に従っているようだ。というのは、彼らは自分たちの住処の位置について思い悩んで、家を突き崩して別の場所に移動させることがあるからだ。その突発的な行動は、何かの啓示を受けたとしか思えないほど確信的なものだ。それ以後、彼らのかつての旧居は忌み嫌われる不吉な場所となり、そこに二度と近づくことはない。

街の広場には市が立ち、島の外から来たものも含めて、商人たちがさまざまな店を開く。市は三日、五日、あるいは十日ごとに催される場合もあるし、間がひと月ほど開くこともある。その周期はほとんど出鱈目に思えるのだが、やはりそこにも見えない規則性が働いているようだ。住人たちはあらかじめその日を知っていて、その前日から街全体が浮かれ騒いでいるように感じられる（市の前日と当日の仕事は休みになる）。彼らは上機嫌で、人に会うたびに膝の裏側を叩き合う挨拶を交わし、通貨として使われる宝貝に糸を通して、八個ずつの束としてまとめるのに忙しい。市は男女一組ずつの双子が、彼らの持ち物である帽子、腰布、腕輪などを象徴的に交換することから開始される。贖《あがな》われる商品は多種多様で、「猫島で猫が笛を吹けば、対岸で猿が尾を振る（何か欲しいものがあれば、すぐにそれに応えられる）」という諺《ことわざ》が通用しているほどだ。実際に、市が盛り上がってくると、売り手は興奮のあまり、当の売り手自身を商品にすることすらあり得る。

わたしが猿の顔の子を最初に見かけたとき、彼は市の喧騒から少し離れた広場の隅で、バオバブの枝に両手首を括られ、素裸で吊るされていた。黒山羊の一群とともに彼を売りに出そうとしていた狡猾そうな商人は、指を折りながら片言のスワヒリ語で、その値段が宝貝八×八個、すなわち六十四個分であると告げた。この子は、Unguja（ザンジバル島）のジョザニの森で捕えられ、猫島まで連れて来られたのだという。とても珍しく、貴重な生きもので、言葉を喋るだけでなく、素晴らしい愉しみを与えてくれる。「これ《オナ》を見よ《ヒイ》」。商人は彼のペニスを手にしていた鞭の柄で持ち上げてみせた。そこには小ぶりな女性器があった。彼はふたなりだったのだ。

わたしが、商人の言い値の通り、宝貝六十四個で猿の顔の子を買い求めたのは、その胸から背中にかけてひどく打たれた痕があり、飢えと渇きのためにほとんど息も絶え絶えだったことを憐れんだためではない。男性器と女性器とを両方とも兼ね備えた彼の躰に関心があったためでもない。その子と一緒なら、猫たちの呪縛から逃れて、この島から出ていくことができるのではないかと考えたからだ。ここで何ヶ月か過ごすうちに、亡霊のようにつきまとう猫たちにも慣れ、むしろ快適に過ごすことができるようになった。だがそれが罠であり、知らないうちに少しずつ彼らに生気を奪われ、やがてはこの島の住人たちのように、操り人形のような日々を送るようになることも、どこかで予感していた。そのうちわたしの肩の上にも、口が耳まで裂けた一匹の猫が載っかることになるのだろう。

わたしは猿の顔の子とともに、頭から麻袋をすっぽりとかぶせられ、舟底に放り込まれて猫島を離れた。だが、わたしたちは本当に、あの伸び縮みする猫島の街の壁の外に出ることができたのだろうか。猿の顔をしたふたなりの子は、時おり夢を見てひどくうなされることがある。夢のなかで、彼は猫島の広場のバオバブの樹に裸で吊るされ、投げつけられる無数の石礫《つぶて》に身を晒している。わたし自身は同じ夢で、彼を取り囲む者たちの一人であり、［W-A-Z-I-M-U］と大声で叫びながら、彼に石を投げ続けている。

4

二つ目の頭

Kichwa cha pili

三角帽子をかぶった
黄色い顔の男の肩に
もう一つの頭が生えている

見せ物小屋のテントの脇に
もう一つ小さいテントがあって
そこに「二つめの頭」がいた

三角帽子をかぶった
黄色い顔の男の肩に
もう一つの頭が生えている
青黒く萎びて目を瞑ったその頭は
口を開くと未来を予言するのだという

テントの口は大きく開かれ
仕切りのロープのこちら側では
群衆が十重二十重に取り囲んで
「二つめの頭」が口を開くのを待っている

長い長い時間が過ぎ

陽が西に傾き
やがて辺りは暗闇になった
蝋燭の灯りが点されたが
「二つめの頭」はまだ口を開かない

群衆は諦めて三々五々と散り始めた
わたしたちもそろそろ帰ろうとした　その時
「二つめの頭」がうっすらと目を見開き
くぐもった声で語り始めた

Kila siku shida shida
Haiishi mpaka siku ya mwisho
　毎日 難儀 また難儀
　最後の日まで終わらない

なんだ
そんなことはとっくに知っている
人びとは失望のため息を漏らし
重い足取りで家路についた
残ったのはわたしと
猿の顔をした子だけ

わたしには「二つめの頭」に訊きたいことがあった
いまなら答えてくれるかもしれない

Tutarudi wapi?
　わたしたちはどこに帰るのか？

「二つめの頭」はゆっくりと目を閉じ
ひと呼吸おいて
ひと言だけつぶやいた

Si po pote
　どこでもない場所に

黄色い顔の男が蝋燭を吹き消すと
辺りは真っ暗闇

どこかで犬が吠えている
風が冷たくなってきた
もう誰もいない。

5

声たち

Sauti

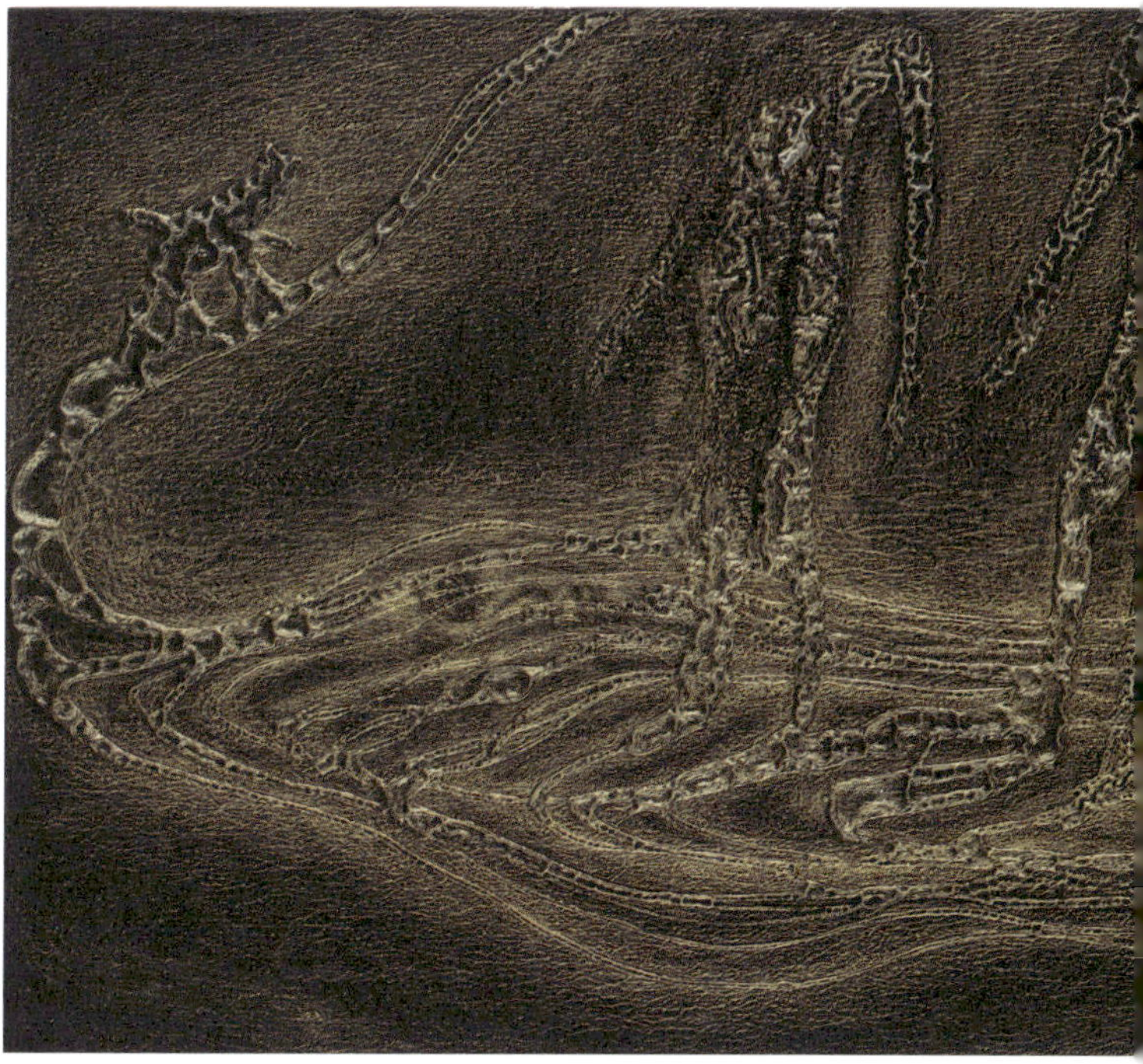

あんたらが踏みつけている、
ちょうどそのあたりに水の顔がある

——覚えている。あなたは灯りを運んできたひとだ。ぼくが眠ってしまったあとで、両掌でランプをかかえてきてくれた。

——それは何だ？ その時計はSEIKOか？ もしSEIKOなら俺にくれ。SEIKOじゃなくてもいい。それでもいい。腕時計があれば腕輪《バンギリ》はいらない。いや、この腕だっていらない。

——あんたらが踏みつけている、ちょうどそのあたりに水の顔がある。波がさざめいているのですぐにわかる。溺れた者たちの魂が集まる場所だ。俺の弟も去年溺れて死んだ。見えるだろ。顔が笑っているのが。

——あたしの夫は家を出て行った。しょうがないので、夜の商売をはじめた。ぶらぶら《カジャ》歩きの仕事《テンベア》。歩きながら男たちに声をかける。一晩歩いても仕事にならない日もある。そんな時は、雌鶏のほうがましだって思う。だって、卵を産んでりゃいいんだから。でも、あたしはこの仕事が好き。元手はいらないし、誰の指図を受けなくもていい。あんたもやってみるかい？

——どうだい、このシャツ。いいだろう。ようやく親方から手に入れたんだ。1500シルでどうだ。掛け値なし。こいつを着れば、男ぶりもぐっと上がるぜ。えーっ、500シルだって。俺を殺す気かよ。お前は友だち《ムシカジ》だろ。助けてくれよ。「空腹は人を選ばない《ンジャー・ハイチャグイ・ムトゥ》」っていうじゃないか。今夜の食事にもありつけないんだ。せめて1000シルでどうだ。

——ここに来なよ。チャイを飲んでいくといい。ほかほかの揚げパン《マンダジ》もある。泣くことはないさ。よっぽどお腹が空いていたんだね。

——途方に暮れて、道端にずっと坐っていました。ジャカランダの樹の枝がゆさゆさ揺れてた。不意にわっと泣き出してしまった。何だかすごく大きなものが、背中の後ろを通り過ぎたような気がして。

——兄貴が夜道を歩いていると、後ろから追い剥ぎが山刀《パンガ》で斬りつけてきて、首が地面に落ちた。でも兄貴はそのまま歩き続けて、家まで戻ってきた。戸口がガタガタいうので、振り返ってみて、みんな仰天したさ。だって首のない兄貴がそこに突っ立っているんだ。おい、どうしたんだって訊いたら、兄貴はようやく首がないことに気づいたらしい。ゆっくりと地面に倒れた。

――女たちが泣き叫んでいる。地面から陽炎が立ちのぼって、色の違う何枚かの布が、水のなかで揺れ動いているようだ。

――そうだ。あなたは灯りを運んできたひとだ。夜中に目を覚ましたら、あなたの横顔が光の輪に浮かび上がって見えた。唇を動かして何か言っている。ダイジョウブ ソノママ アサマデ オネムリナサイ。声は聞こえないけど、そう言っているのが、わかった。

――国境までは一本道だ。運がよければトラックが拾える。そこで俺の妹が待っているはずだ。青い服を着ているからすぐにわかる。もし妹に会ったら、俺は脚を折って動けないと伝えてくれ。

――のろのろのタンクローリーを追い抜く時には、注意深くやらなければならない。右側にちょっとずつ車体をずらして、反対車線を確かめる。無理はだめだ。俺はみんなの命を預かっているんだから。今だ。ギアをチェンジして、アクセルを踏み込む。目の前に視界が広がる。さらにアクセルを踏む。俺の前には何もない。坂道が、青空に上りつめる通路みたいだ。それから、音が戻ってくる。色が戻ってくる。景色が流れていく。なんてこった。また邪魔なタンクローリーだ。

——あんたらには前に一度会っている。違うって？　いや、絶対に会ってる。キリンみたいにでかい男と猿の顔の男の子だ。見間違えるはずがない。どこで？　たぶんモンバサだ。いやヴォイのあたりかな？　あんたが笛を吹いて、その子がうたっていた。おーい。なんで逃げるんだ。あの唄をまた聞かせてくれよ。

——女たちが泣き叫んでいる。世界が赤く染まる。胃袋を裏がえしたような生きものが地面を蠢いている。よく見ると、生まれなかった赤ん坊たちだ。

——綺麗な娘だった。朝に開く花みたいに。でも、目を離したらもう姿が見えない。そこにこれが落ちていたんだ。鳥の羽じゃない。きっと蝶《キペペオ》の羽だ。透きとおっていてキラキラ光っている。

――鷲の心に乗り移って草原《ポリ》を見下ろしていた。遥か下のほうで光っているのは、インパラの金色の角だ。太鼓の音が聞こえてくる。野焼きの炎が蛇のように動いていく。野兎の尻尾のあたりが見えた。矢になって舞い降りたが、くそっ、あとちょっとで間に合わない。

――雨が来るよ。雨が来るよ。雲が動いて、草が風に靡《なび》いている。蟻たちが慌てて巣に戻ろうとしている。雨が来るよ。雨が来るよ。急いだ方がいい。

――ナイロビは遠いのか？

――いや、そうでもない。あの連なっている丘がみえるだろう。あれがンゴング・ヒルズ。それを越えた向こう側だ。

6

樹木

Mti

夕暮れが来ると
樹木は軟らかに呼吸しはじめる

その樹木の
葉の繁りの下を
強い光を避けて通り抜ける
人間でない何ものかを愛する
牛飼いの男たちのように
一本の杖と藪知らずの迷宮を抱えこんで

上着の釦《ボタン》が一個ずれているらしい
魂の位置と同じように
樹木には悲しみの葉が生えそろっていて
痛ましい声で泣き叫んでいる。
その下を抜けると
ふたたび石と骨の土地

我がつれあい
猿の顔をした子よ

あの唄をうたってくれないか
ホ　アルハムドゥリラヒ　ムー
蛇のようにうねる砂の川の流れに沿って
塩を運ぶ者たちのために

夕暮れが来ると
樹木は軟らかに呼吸しはじめる
長く伸びた庇《ひさし》の陰で
赤い布を織っている女たち
まだ温みの残る石に
血の失せた頭を載せて

昼と夜の裂け目の匂いを嗅ぐ。

7

草原の椅子づくり

Fundi wa kiti porini

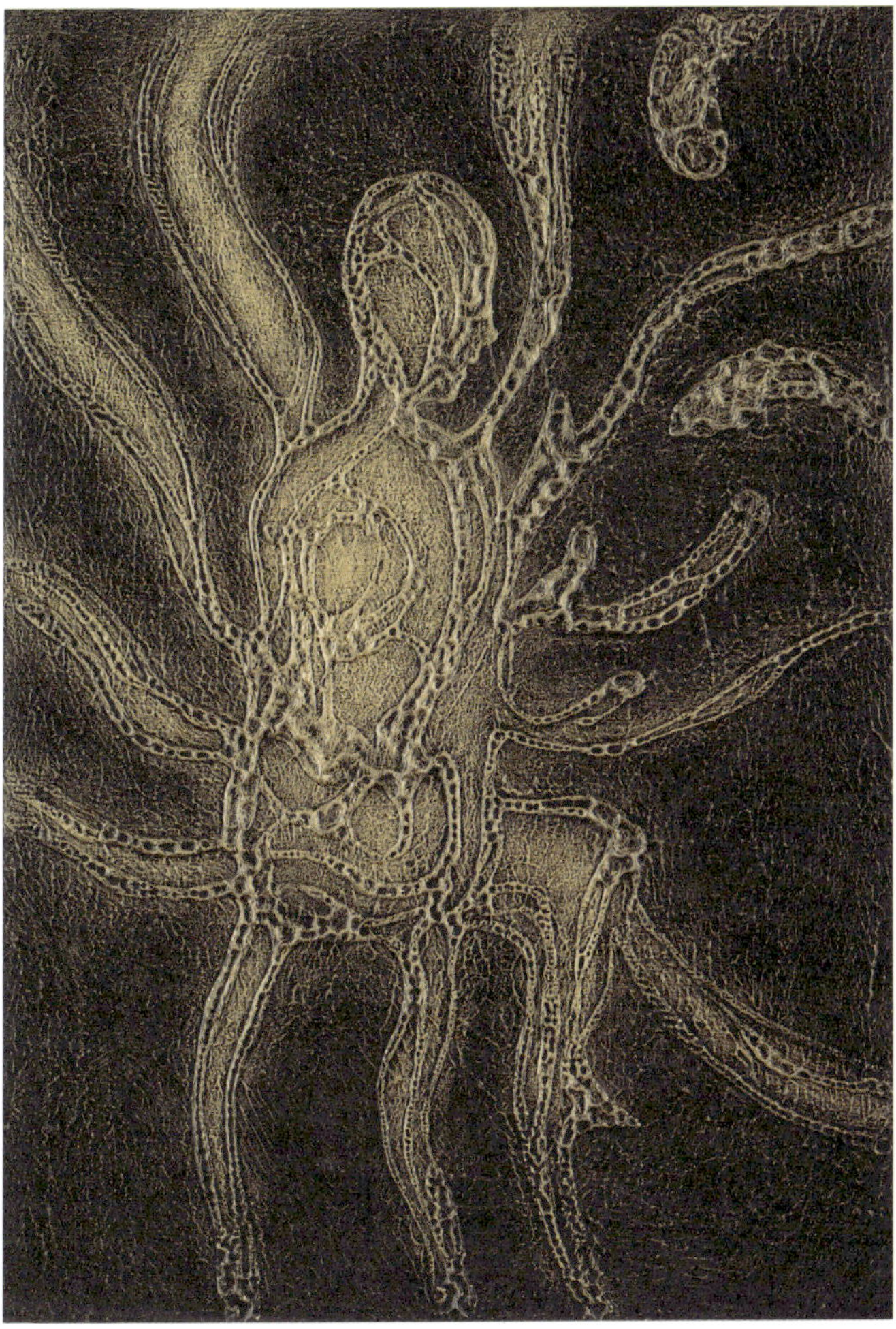

すぐに、それが椅子づくりたちの一族の来歴であると気づいた。

椅子づくりたちの村に行きつくまで、涸れ川《ワジ》に沿った村々を訪ね歩いた。彼らはごく稀にしか人々の前に姿をあらわさないので、村の所在を確かめるのは、三人の盲人たちが繋がって歩きながら、砂粒から輝石を選り分けるようなものだった。だから、わたしたちが椅子づくりたちの村を見出すことができたのは、いくつかの偶然が重なり合った結果であって、もう二度と同じ道を辿ることはできないだろう。

椅子づくりたちは、この世で最も単純な生活を営む者たちといえる。彼らの財産は常に携行している一脚の椅子と、革紐で腰にくくりつけた槌《つち》と鑿《のみ》とナイフだけだ。住む家を持たず、衣服すら身につけない。空を飛ぶもの、二本足で地上を歩くもの以外は、すべて彼らの食糧になるが、火を用いて料理することもない。主に樹の実と蜂蜜と昆虫を食し、泉から湧き出る水に直接口をつけて飲む。

彼らにとって、生きることとは、すなわち椅子をつくることである。赤ん坊が生まれると、ひと抱えほどの大きさのある手頃な樹木が選ばれ、その日から彼らの所有物となる。彼らはその樹の傍を決して離れることなく成長する。樹は彼らの遊び相手であり、強い陽射しや風や雨から彼らを守る庇護者であり、時には恋人のような役目も果たす。物心がつく頃には、与えられた鑿やナイフで木の枝や幹の一部を切り落とし、それらを組み合わせて椅子の形に加工し始める。その作業は、彼らの一生を通じて途切れることなくつづけられる。

彼らはほんのひと時でも椅子から離れることがない。食べものを探しに行ったり、涸れ川を越えて、塩や嗅ぎたばこなどを求めて遠出したりするときでも、必ず自分の椅子を背負っていく。椅子を自分にふさわしい形に整え、年月を差し示す刻み目を入れ、背の部分に先祖たちの物語を掘り込むことが、彼らの唯一の仕事となる。

年を経るごとに椅子もまた成長していく。その構造は複雑なものになり、背板に刻まれた物語も枝分かれして数を増す。だがある時期を過ぎると、それらは少しずつナイフで削り取られ、余分な装飾物も取り払われて、やがては円盤に一本の棒がついたようなものになっていく。老人たちが、一本足で立つ水鳥のように、自分の椅子に腰を下ろしておしゃべりに興じている傍を、背丈の二倍ほどもある巨きな椅子を背負った若者が、昂然と胸をそらして通り過ぎるのも、村ではよく見る光景だ。最後に大腿骨ほどの木片が残される頃になると、椅子づくりたちも死を迎える。彼らの住む草原のあちらこちらに、その、もはや用を為さない木片が、あたかも彼らの骨のようにちらばっている。

自分のためだけでなく、他の者のために椅子をつくることもないわけではない。たいていは自分の椅子とよく似ているのだが、大きさや形は微妙に違っている。たまたま村を訪れた者が、それらのうちの一つを目に留め、腰を下ろしてみることがある。椅子が訪問者にぴったりと合っていれば、その者は村に留まってmwenyejiとなる。このmwenyejiという言葉は広い意味で使われるが、語義的に言えば「足の裏を互いにくっつけ合う者」とでも訳せるだろう。「足の裏を互いにくっつけ合う」という所作は、椅子づくりたちにとって、最大の親愛の情をあらわすために行われるものだ。

わたしと猿の顔の子が、椅子づくりたちの村に入ったとき、陽は既に西に傾いていた。血のような夕焼けを背にして、草を刈られた広場に、何人かの者たちが屯していた。ある者は椅子に座ったまま目を瞑って眠り、ある者は嗅ぎたばこを喫している。自分の椅子の手入れに、熱心に立ち働いている者もいた。そのうちの一人がわたしに目を向け、横に置かれた椅子を示して、座るように促した。

猿の顔をしたふたなりの子が、しきりに手を引いて止めるのを振りきって、わたしはその椅子に腰を下ろした。そうせずにはおれなかったのだ。背板に深くもたれて目を閉じると、見えない網のようなものがわたしを包み込むのを感じた。網からは細い触手が伸びていて、それらがわたしの意識にゆっくりと入り込み、撫でさすり、心地よい振動を発しながら何ごとかを語りはじめた。

すぐに、それが椅子づくりたちの一族の来歴であると気づいた。世界を覆い尽くしていた巨木の枝々に椅子が果実のように生り、それらが地面に落ちてくる。村へと運ばれたそれが、彼らのつくる椅子の雛形となる。椅子づくりたちは次第に数を増し、やがて「王」と呼ばれる者が神技を発揮して、これまでにない力を備えた巨大な椅子をつくり上げる。だが、数年後には白蟻がはびこって、「王」の椅子は脆くも崩れ落ちる——わたしはそんな物語の揺らぎに身をまかせて、どこまでも遠くへと漂っていった。

不意に、尖った石を踏みつけたような痛みが足裏に走った。痛みは次第に強くなり、膝から腿へと駆け上がり、やがては躰全体に火がついたように感じた。耐えられなくなって、わたしは椅子から立ち上がった。すぐ傍で見守っていた若い椅子づくりが、失望のため息を漏らすのが聞こえた。その椅子はわたしには合わなかったのだ。

次の日の朝、わたしたちは椅子づくりたちの村を離れることにした。広場には、わたしに声をかけてくれた若者が、自分の椅子の背にもたれて眠っていた。その横に、彼のmwenyejiとなるべき者が座る椅子が、ひっそりと置かれてあった。大気は湿り気を帯び、遠くの方で雷鳴が聞こえる。やがて曇り空から雨粒が落ち始めた。長かった乾季が終わり、雨季が到来したのだ。大地が匂い立つ。鳥が囀る。虫たちが這い出てくる。草も樹も空っぽの椅子もしとどに濡れている。それらに背を向けて歩き始めた。

最後にふり返った時、椅子づくりたちの村は水の底に沈んでいた。雨の幕を通して、あの若者が彼の椅子から立ち上がり、こちらに手を差し伸ばしているのが見えた。

8

唄

Wimbo

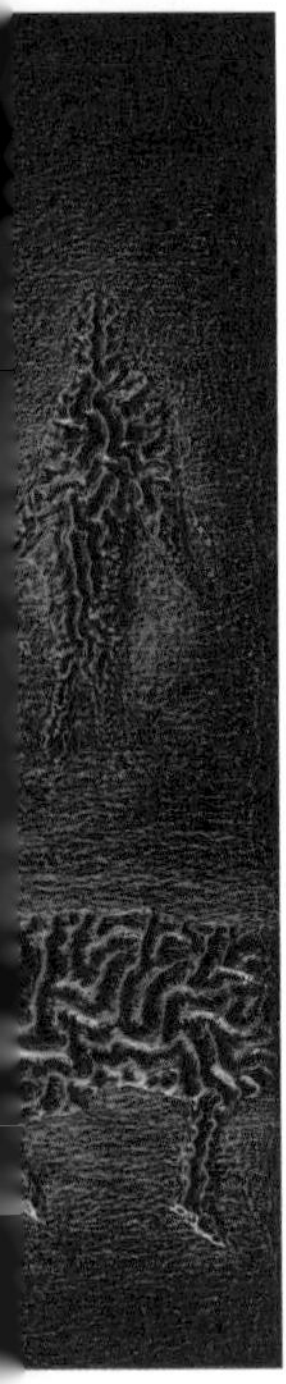

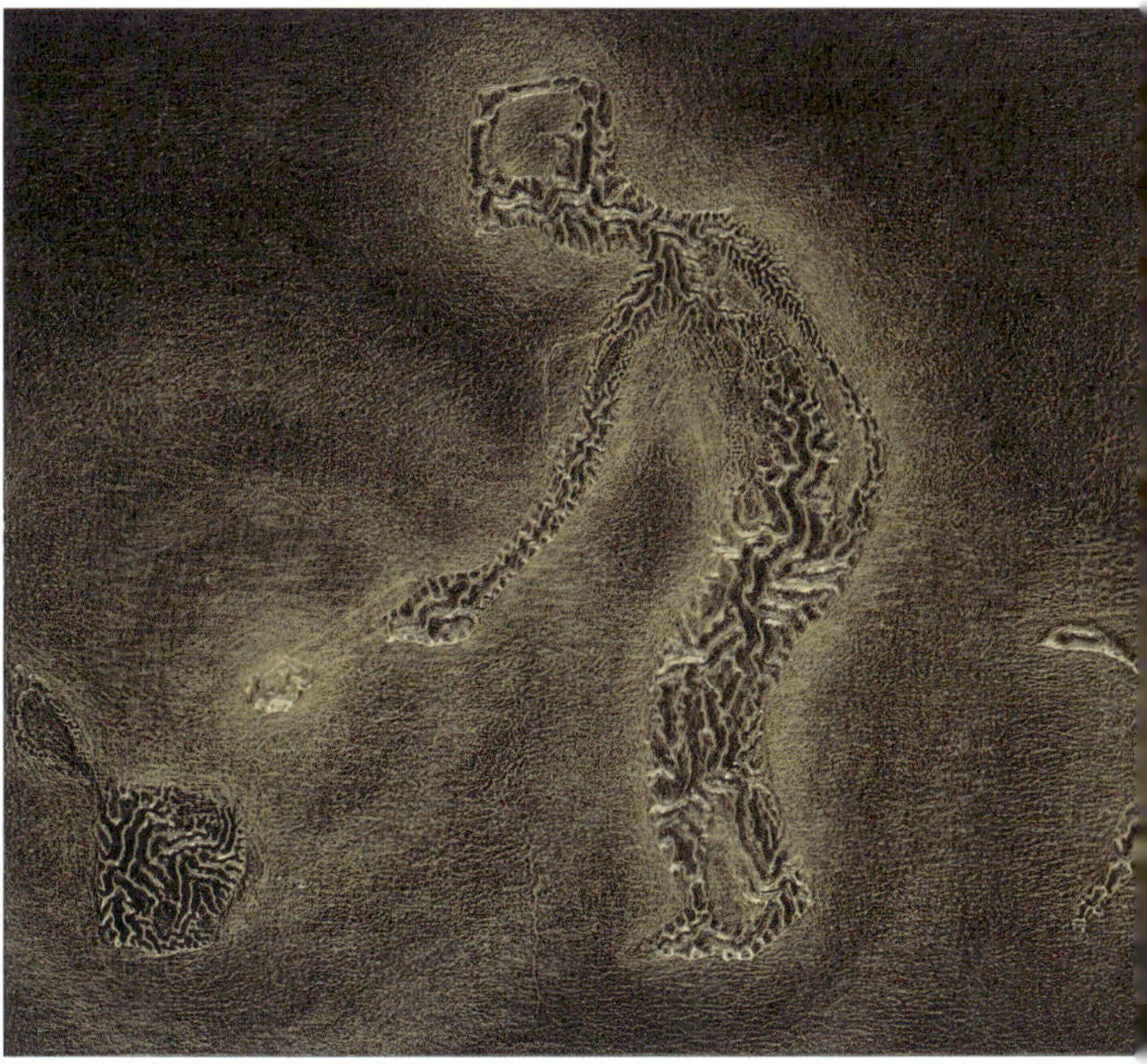

最後の男が　最後の銅貨を缶に投げ入れ

猿の顔の子が
小鳥が囀るようにうたう
わたしはその唄に合わせて笛を吹く
こんな唄だ

Maua yameanguka chini
Mwezi umejificha mawinguni
Baba amemwua mama
Baba amewaua kaka na dada pia
Ndugu wengine wametoroka
Watu wote wanapiga kelele
Watu wote wanalia

花は散ってしまった
月は雲に隠れた
父は母を殺した
兄と妹も殺した
ほかの兄弟は逃げ出した

わたしは笛の最後の一節を
高く勁《つよ》く吹き鳴らす
最後の男が　最後の銅貨を缶に投げ入れ
後ろも見ずに歩み去っていく。

魚たちの世界
樹々の世界
恋人たちの世界
死者たちの世界
すべての世界は永遠に回りつづける

猿の顔の子が
自分も回りながらうたう
どんどん回転が速くなり
遂には地面に倒れ伏す

輪になっていた人たちは
ひとり　ふたりと離れていく
ちゃりん　と音をたてて
缶のなかに銅貨が投げ入れられる

猿の顔の子が
最後に声を張り上げてうたう
Lakini dunia zazunguka
Dunia zote zazunguka milele……

　人々はみんな叫ぶ
　人々はみんな泣く

わたしたちを取り囲む人の群れは
目を閉じて　その唄にじっと聴き入っている
涙を流している者もいる
唄はつづく

Lakini dunia yazunguka
Dunia ya wanadamu
Dunia ya wanyama
Dunia ya samaki
Dunia ya miti
Dunia ya wapenzi
Dunia ya wafu
Dunia zote zazunguka milele
　だけど世界は回りつづける
　人たちの世界
動物たちの世界

9

月の光　Nuru ya mwezi

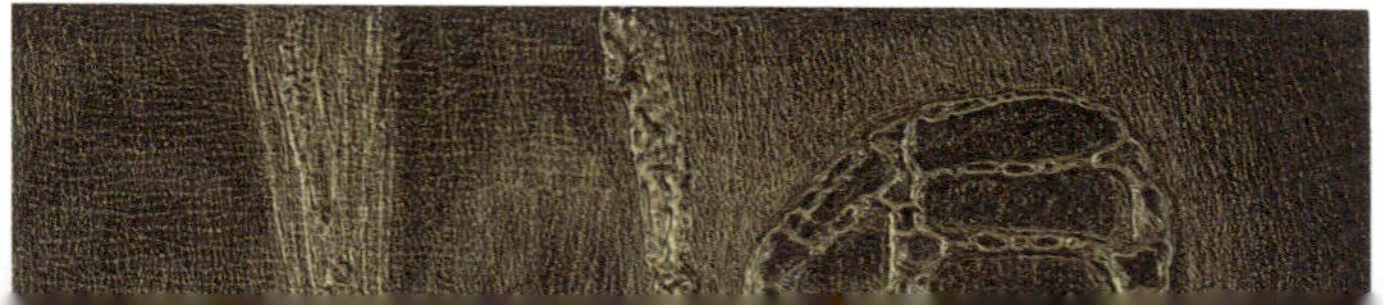

月の光。
まだ湖面を明るく照らし出している。

目覚めたとき、横に寝ていたはずのあの子の姿が見えない。

起き上がって戸口に出る。

低く沈む家々の向こうに、煌々と、月に照らし出された湖面が見える。

鏡のさざめき。

かなり時が過ぎてから、ようやく、彼が疲れきった様子で戻ってきた

——どうしたんだ？

——湖まで行ってきた。水に月が映って、宝石みたいにきらきら瞬いていた。この器に光る水を汲んでこようと、ふと思いついたんだ。

——で、汲めたのか？

——いや。湖までは思ったより遠いんだ。月の魔法で遠くのものが近くに見える。歩いても、歩いてもたどりつかない。

——それで？

——ずいぶん歩いて、ようやく岸辺について、跪《ひざまず》いて、器を水で満たした。帰ろうとして、ぞっとした。道がわからないんだ。来る時には見えていた家の灯りがまったく見えない。

——夜警《アスカリ》が石油ランプを消して寝に戻ったんだ。

——そうらしいね。闇雲に方角を決めて歩き始めた。行きは背中を押していた風が、今度はまともに吹きつけてくる。しかも上り坂だ。脚がぜんぜん進まない。

——うん。

——どうやら、道を逸れてしまったらしい。月も雲に隠れて真っ暗闇。途方に暮れたよ。

——よく戻ってこられたね。

——そのとき、誰かが横にいることに気づいた。

——誰が？

——雲間隠れの月の光が、ぼんやりとその姿を照らし出した。……死んだ妹だったんだよ。ファティマがそこにいた。

——でも、お前の妹は父親に殺されたんだろう？

——そうだよ。だけど、そう話に聞いただけだ。死に顔は見ていない。

——本当にファティマだったのか？

——ファティマの姿をしていた。匂いも声も。

——声？

——鈴をならすみたいな声でこう言うんだ。にいさん、そっちじゃないって。正しい方向を指さして教えてくれた。また歩き始めた。それでようやく帰ってこられた。

——ファティマはどうしたんだ？

——あなたの姿が見えたとき、ふり返ってたしかめてみた。……もうどこにもいなかったよ。


猿の顔の子は、わたしに空っぽの器を手渡した。

水は途中でこぼれてしまったのだろう。

抱き寄せて寝床に連れていくと、子守唄をうたうまでもなく、すぐに眠りに落ちた。

月の光。

まだ湖面を明るく照らし出している。

おや《ララ》すみなさい《サラーマ》。

耳元で、そんな声が聞こえた気がした。

10

ナイロビ

Nairobi

そのうち鼠くらいの大きさにまで、
体が小さく縮んでいった。

ナイロビのダウンタウン。**リヴァーロード**から**ギコンバ・マーケット**の方に折れて、すぐの所にある安宿の一室で、三人の娼婦《マラヤ》のおねえさんたちと暮らしていた。

大きな胸、背が高く、肩幅も広い**ニャンブラ**。小柄で、目をくりくりさせて喋りまくる**ワンジル**。**ンジェリ**は整った顔立ちだが、頬に大きな傷があり、ちょっと足をひきずっている。おねえさんたちは、もうひとつ部屋を借りていて、最初に男をつかまえた者が、その広い部屋とベッドを使うことができる。ほかの二人は別な部屋に（部屋代はかかるけど）。完全にあぶれた日には、わたしたちが寝ているベッドに、ごそごそ潜り込んでくる。

おねえさんたちは昼ごろに起き出してきて、共同炊事場で、豆の入った**イリオ**をつくり、**ウガリ**を炊いてふるまってくれる。ニャンブラは食事の後で、必ず、猿の顔の子に唄をうたうようにせがむ。ふたなりの子は高い声で**Malaika**をうたい、わたしは笛を吹く。

Malaika nakupenda malaika
Malaika nakupenda malaika

Nami nifanyeje kijana mwenzio
Nashindwa na mali sinawe ningekuoa Malaika
　天使　愛する天使よ
　天使　愛する天使よ
　どうすればいいんだろう　若いし
　財産もないので　あなたと結婚することができないんだ

ニャンブラは一緒にうたい、ゆったりと腰を回して踊る。ワンジルもそれに声をあわせる。ンジェリは手を叩いて、小声で節を追う。

午後にはめいめいが勝手に過ごす。ワンジルに誘われて、**オデオン・シネマ**にカンフー映画を見に行ったり、衣装もちのニャンブラと、ギコンバ・マーケットの古着屋を冷やかして歩いたりしたこともあった。彼女が選んで、腰に巻いた**カンガ**には、MAISHA MATAMU LAKINI MAFUPI（人生は甘い。でも短い）と記されていた。ンジェリはたいてい部屋に籠って過ごす。ワンジルの話だと、彼女は「生まれながらにして死んでいる者たち」の一族で、彼女自身が産んだ「生まれながらにして死んでいる赤ん坊」をあやしたり、口移しに食べ物を与えたりしているらしい。赤ん坊の姿は、ンジェリにしか見えない。

ニャンブラが、指輪がなくなったと騒ぎ出した。前の晩に一緒に泊まった男が部屋を出る時に、大事な**タンザナイト**の指輪を、ベッドサイドから持ち去ったようだ。しばらくはがっかりした顔をしていたが、今日は機嫌がいい。指には大きな赤い石の指輪をはめている。どう見ても、紛い物のルビーだが、ニャンブラは気に入っているらしい。新しい男のプレゼントのようだ。血まみれの指みたい。ワンジルが横目で見てそう言い放つ。

ある日の午後、みんなで**ンゴング・ヒルズ**にピクニックに行くことになった。**マンダジ**を揚げ、バナナとマンゴーと**タスカビール**をバスケットに入れて、**マタトゥ**に乗って丘の麓まで行った。七つの丘の一番手前の頂上まで登ると、マサイたちが牛を追って移動する草原が見える。その向こうにナイロビのビル群。南の方に霞んで見えるのはキリマンジャロの峰々だろうか。みんなでビールを飲み、マンダジと果物を食べ、笛と唄にあわせて楽しく踊って過ごした。

ニャンブラがいつになく真面目な顔でこんなふうに言う。私はみんなにお別れを告げなければならない。胸に大きなおできができて、それが広がってきている。たぶんわたしの命はそんなに長くない。死ぬ前に故郷の村まで帰ろうと思う。そう言って立ち上がると、肩のあたりから虹の色の翼が伸びてきた。猿の顔の子が目を丸くして、天使みたい《カマ マライカ》だ、とつぶやいた。ニャンブラは翼をはためかせ、風に乗って、空高く舞い上がった。サヨナラ《クワヘリ》、サヨナラ《クワヘリ》、みんなで声を揃えて叫んだ。

ンジェリは部屋に閉じ籠ることが多くなった。壁に向き合って、ベッドの端に腰をおろし、「生まれながらにして死んでいる赤ん坊」に話しかけている。見えない赤ん坊は、時々聞こえない泣き声をあげる。ンジェリは赤ん坊を胸に抱き、子守唄をうたいながら部屋の中を歩き回る。ある日、気づいたら姿を消していた。ベッドの上に、**ジャカランダ**の花が一輪残されていた。

仲間を失ったワンジルは、元気がなくなり、夜の仕事も休みがちになった。そのうち鼠くらいの大きさにまで、体が小さく縮んでいった。どうやら、いまは部屋の隅にあいた鼠穴で、鼠たちと一緒に暮らしているようだ。時々、穴のなかから、懐かしい声音のチユウチュウ声が聞こえてくる。鼠になっても、相変わらずしゃべりまくっているのだろう。周りを辟易《へきえき》させている様子が目に浮かぶ。でも、ワンジル！　と呼びかけても返事はない。

三人のおねえさんたちがいなくなって、リヴァーロードの裏手の安宿では、もう暮らせなくなった。ギコンバ・マーケットのカントリーバス・ステーションで、ちょうど出ようとしていたバスに飛び乗り、ナイロビを離れることにした。猿の顔をしたふたなりの子がバスの窓枠にもたれて小さな声でうたう。

Pesa zasumbua roho yangu
Pesa zasumbua roho yangu
Nami nifanyeje kijana mwenzio
Nashindwa na mali sinawe ningekuoa Malaika
　お金　お金が心を悩ませる
お金　お金が心を悩ませる
どうすればいいんだろう　若いし

財産もないので　天使と結婚することができないんだ

舗装道路がすぐに途切れて、洗濯板のようなガタガタ道になった。時折、車体が大きく揺れて、天井に頭をぶつけそうになる。ぎゅう詰めの乗客たちは、押し黙ったままバスの揺れに身をまかせている。土埃を巻き上げて、マタトゥが一台すれ違っていった。雲ひとつない青空。短い灌木が生えた赤土の大地が、所々に白蟻の塚を点在させて、目の届く限り続く。

クワ ヘリ、クワ ヘリ……。

ニャンブラとワンジルとンジェリと暮らした部屋が、遠い景色になっていく。

リヴァーロード：ナイロビのダウンタウンを南北に貫く賑やかな通り。

ギコンバ・マーケット：ナイロビ・リヴァーの周辺に広がる、衣料品を中心としたナイロビ最大の青空マーケット。現在は別な場所に移転した。

ニャンブラ、ワンジル、ンジェリ：ケニヤ中央部をテリトリーとするキクユ人の女性の名前。西江雅之「三人の女」（『花のある遠景—東アフリカにて』せりか書房、一九七五年所収）に登場する女たちの名前を借りた。

イリオ：茹でたジャガイモ、豆、トウモロコシ、青菜などを和えたキクユの伝統料理。

ウガリ：白トウモロコシの粉をお湯で練って固めた料理。アフリカの広い地域で主食となる。

Malaika：天使。タンザニアの伝承歌をもとに、南アフリカ出身のミリアム・マケバがスワヒリ語でうたってヒットした曲。

オデオン・シネマ：リヴァーロードの

裏手にあった映画館。ブルース・リーなどのカンフー映画は人気があった。

カンガ：派手な図柄の模様とスワヒリ語の言葉がプリントされた巻き布。上半身と下半身と、二枚を身に纏うのが正式な着方。

タンザナイト：タンザニアのアルーシャ付近の鉱山で最初に発見された、灰簾石（ゾイサイト）の変種。「キリマンジャロの夕映え」のような青紫の色味に特徴がある。

ンゴング・ヒルズ：ナイロビの南西に連なる七つの丘。

マンダジ：甘味のある揚げパン

タスカビール：象のマークが目印のケニヤ産のビール。

マタトゥ：乗客を詰め込んで、街と街とを結ぶ乗合自動車。

ジャカランダ：南米原産で、ナイロビには街路樹としてよく植えられている。九月〜十月ごろになると一斉に青紫色の花が咲く。

11

赤い湖

Ziwa jekundu

鳥の群れが一斉に飛び立つ

崖の下
血の色の赤い湖に
長い首　一本脚の鳥の群れ

〈悲しみ《マジョンジ》〉の樹々が枝を伸ばし
人のかたちをした実が
熱風に揺れる

湖の岸を葬列がゆく
目を潰された男と
泣き女たち

この景色を
どこかで見たことがある
生まれる前に見た夢だろうか？

赤い湖にさざなみが立つ
風の通り道が
くっきりと跡をひく

鳥の群れが一斉に飛び立つ
蒼穹に
見えない星の方に

まだ旅の途上だ
先は長い
でも疲れた

いまは
しばしの休息を
赤い湖の岸辺
〈悲しみ《マジョンジ》〉の樹々の木陰で……。

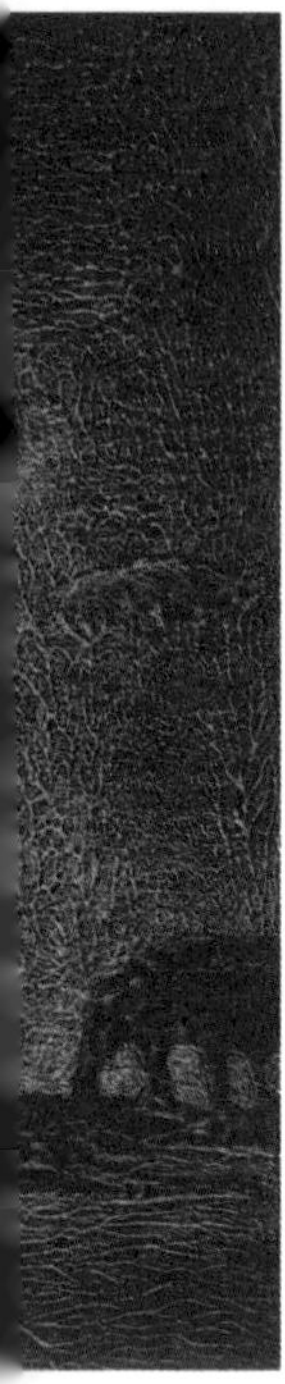

12

大きな顔

Uso mkubwa

やわらかい物質でできた巨大な顔が
地面から生え出たみたいに横顔を見せて

夜明け前に
棘のある草むらをかき分け
二本のソーンツリーの間を抜けると
大きな顔が横たわっていた

瑪瑙《めのう》のような縞模様のある
やわらかい物質でできた巨大な顔が
地面から生え出たみたいに横顔を見せて
そこにあった

目と口は閉じている
鼻から息をしているようだ
空気を出し入れするごーっごーっという音が
地を這って聞こえてくる

顔だけで

首から下はない
動くこともできないらしい
鍛冶屋の吹子《ふいご》のような音は寝息だろうか？

しばらく見ていたが
とりたてて変わりがないので
その傍をそっと通り抜けていこうとしたら
いきなり大きな顔の息が止み　辺りが静まり返った

目と口が　ゆっくりと開いていく
巨大な目玉がぐりぐりと動きまわる
こちらを見ているようだ
半ば開いた口から尖った歯がのぞいている

W-A-Z-I-M-U……
開いた口の歯と歯の隙間から

たしかにそんな言葉がもれ出てきた
懐かしい　だが言い知れぬ怖れを呼び起こすその響き

わたしたちは　慌てふためき
草むらの棘に引っ掻かれながら逃げ出した
後ろから声が追いかけてくる
W-A-Z-I-M-U……

ふり返ると
大きな顔の目の縁から
血の色の涙が　ふるふる　と溢《こぼ》れ
鼻の穴から猫の群れが這い出してくるのが見えた。

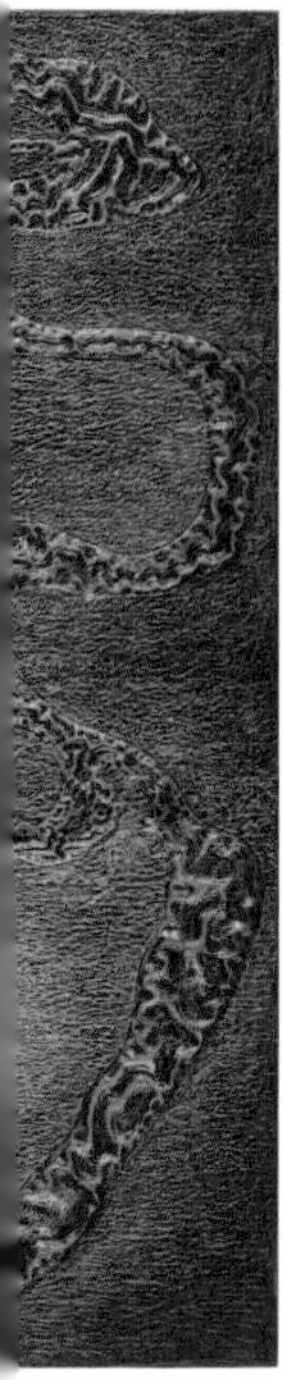

13

対岸 II

Ng'ambo II

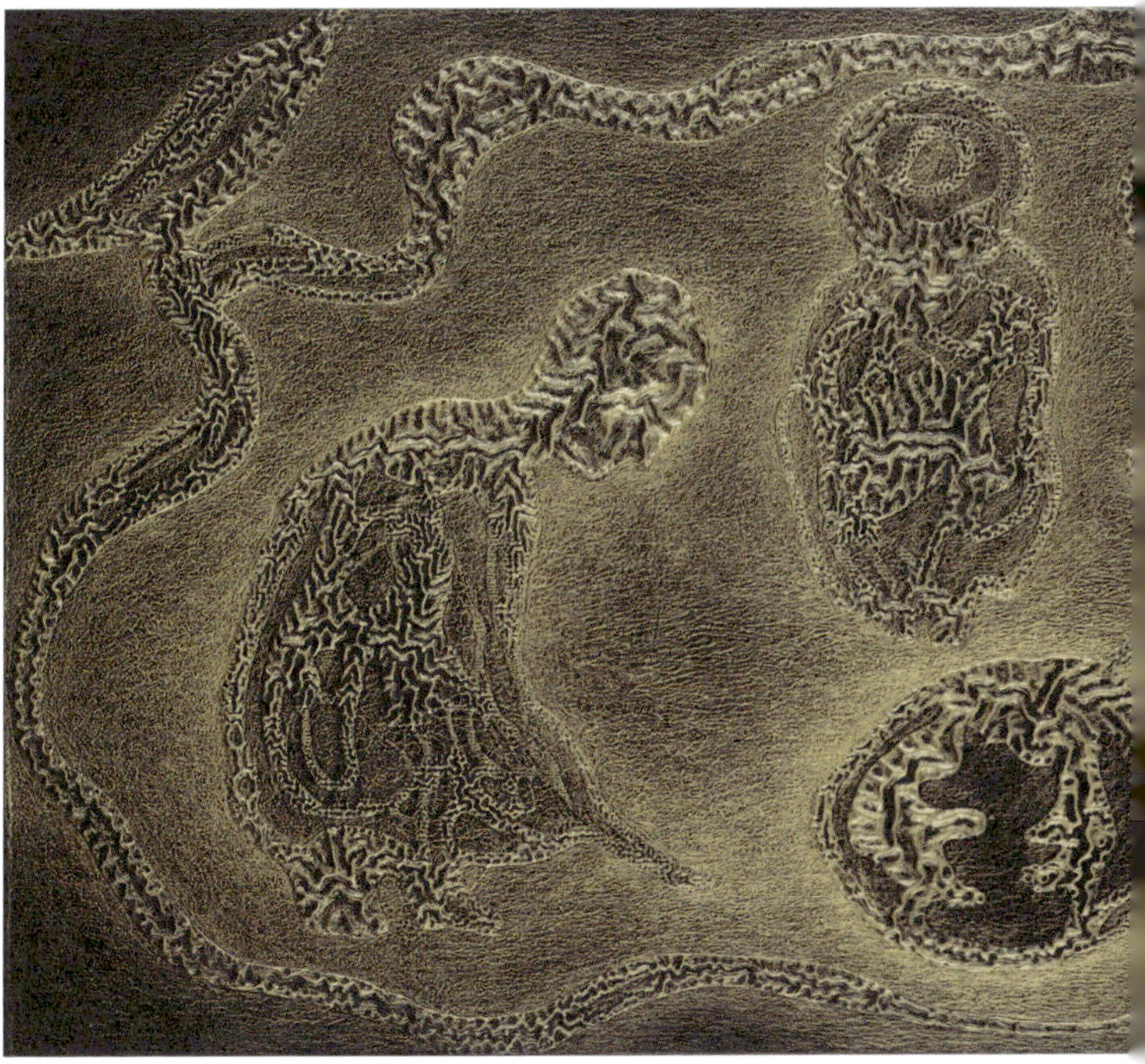

卵に封じ込められたまま尻の穴からひり出された

麻袋に詰め込まれて
赤い泥の土地に放り出された
袋の口からごそごそ這い出してくると
三人の老人《ムゼー》たちが　歯のない口を震わせて笑う

――もう二度と戻ってくるな　と言ったのに
　またお前らの顔を見ることになるとは
小さな老人たちのうちでいちばん小さな老人は呆れ顔

――「大きな《ワシワシ》心配《クーブワ》」という
　わしがつけてやった名前が当たっていたということさ
と　火鼠の皮衣をまとったもう一人の老人

――しょうがない
「目から稲妻を放つ偉大なる鳥頭の母親」
　のところに連れていってやるか

　あの方が行き先を決めてくれるだろう
もう一人がそう言って　わたしたちを鶏のように追い立てた

「目から稲妻を放つ偉大なる鳥頭の母親」は
枯れ草で編んだ巣のなかに籠っていたが
わたしたちを見ると
長い首を伸ばし
長くて大きな嘴を開いてひと呑みにした

わたしたちは
「目から稲妻を放つ偉大なる鳥頭の母親」の食道から
いくつかの胃を通って
腸の長いトンネルをくぐり抜け
卵に封じ込められたまま尻の穴からひり出された

三人の老人たちがまだ温もりがある卵を肩に担いで

海辺へと運び
打ち寄せる波に乗せて沖へと流す

わたしたちは互いに身を寄せ
重なりあった二本のスプーン《キジコ》のようにぴったりとくっついたまま
波に揺られ揺られて
どこまでも漂っていった。

14

世界

Dunia

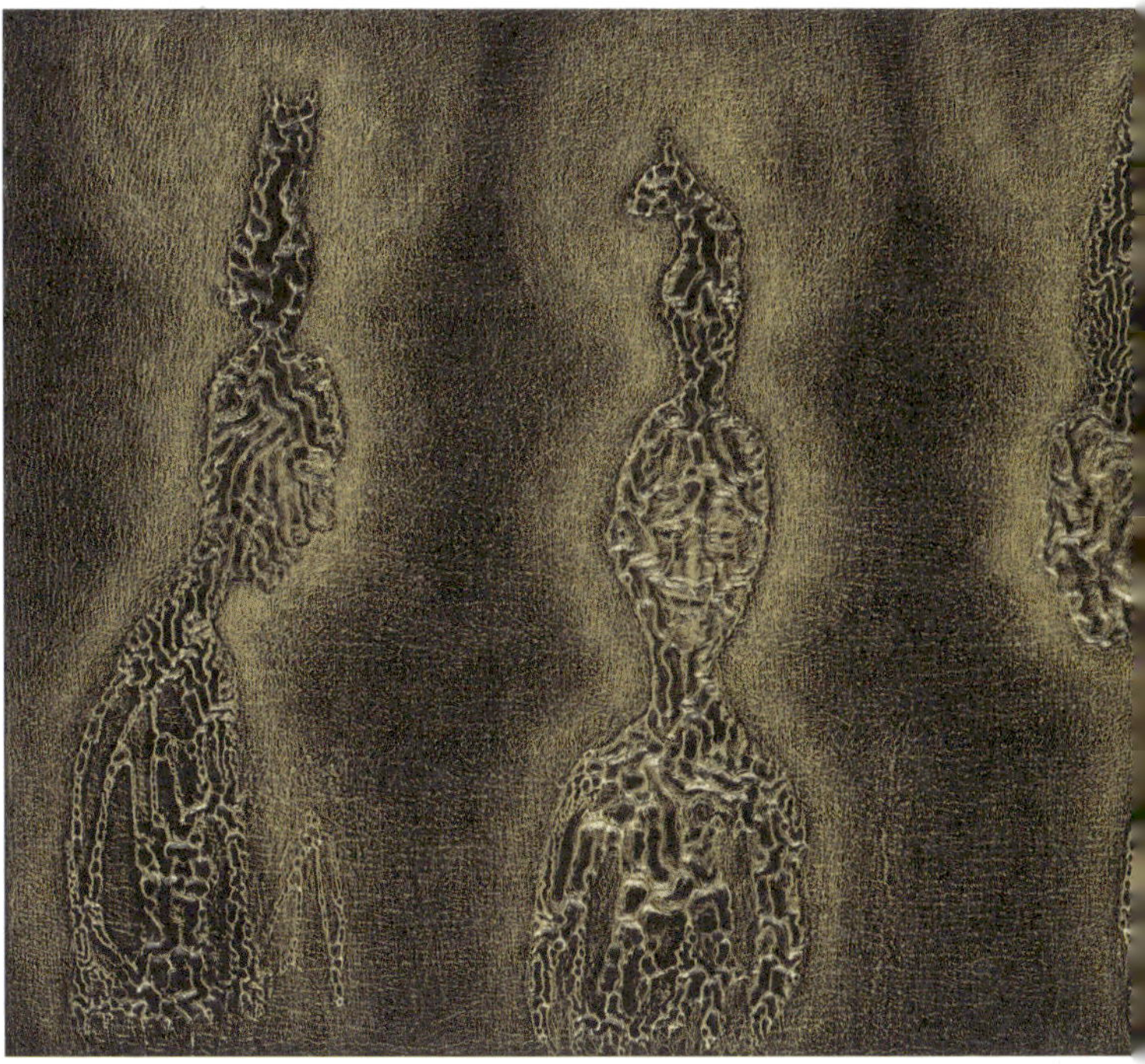

むろん彼らの頭や肩の上には、一匹ずつ猫が載っかっている。

卵の殻に罅《ひび》が入って、ほの明るい場所へと押し出された。どうやら、ここは猫島の街の広場らしい。市の立つ日のようで、広場には群衆がひしめいている。むろん彼らの頭や肩の上には、一匹ずつ猫が載っかっている。

一人の男がわたしに笛を手渡す。猿の顔の子の唄を聴きたいらしい。いきなりの話で、当惑せざるを得ないが、男は真剣な表情だ。周りを取り巻いている群衆からも、何かを期待する気配が強く漂ってくる。わたしは笛を口にあて、唄の最初の一節を勁《つよ》く吹き鳴らす。「世界　Dunia」と題する曲だ。

Lakini dunia yazunguka
Dunia ya wanadamu
Dunia ya wanyama
Dunia ya samaki
Dunia ya miti
Dunia ya wapenzi
Dunia ya wafu
Dunia zote zazunguka milele

だけど世界は回りつづける
人たちの世界
動物たちの世界
魚たちの世界
樹々の世界
恋人たちの世界
死者たちの世界
すべての世界は永遠に回りつづける

曲はそれで終わるのだが、猿の顔をしたふたなりの子が、即興でその後を続ける。わたしも笛でそれに応える。

Lakini dunia yazunguka
Dunia ya paka
Dunia ya waganga
Dunia ya shetani
Dunia ya Nyamubra
Dunia ya Wanjiru
Dunia ya Njeri
Dunia zote zazunguka milele

だけど世界は回りつづける
猫たちの世界
呪術師たちの世界
悪霊たちの世界
ニャンブラの世界
ワンジルの世界
ンジェリの世界
すべての世界は永遠に回りつづける

人々は首《こうべ》を垂れて唄に聴きいっている。猿の顔をしたふたなりの天使の声をもつ子は、声を張って最後の一節を三度繰り返す。

Dunia zazunguka
Dunia zote zazunguka
Dunia zote zazunguka milele
　世界は回りつづける
すべての世界は回り続ける
すべての世界は永遠に回り続ける

唄は終わった。沈黙が広場を支配する。やがて、どよめきが大きく高まり、群衆は声をそろえて［W-A-Z-I-M-U］と叫ぶ。それが呪詛ではなく、賞賛と祝福の意味を込めて発せられていることに、わたしたちはすぐに気がつく。八個ずつ束にして括られた宝貝が、次々に投げ込まれ、わたしたちの足元に堆《うずたか》く積み重なっていく。

その日から、わたしたちは猫島で「唄うたい」として暮らすようになった。白蟻の塚のように土を固めた家の一つが提供され、わたしたちはそこで唄をつくり、市の日に人々に聞かせる。いまは最初のように大受けすることはなくなった。でも、それなりの反応が返ってきて、暮らしに困るようなことはない。わたしたちの肩の上にも猫が載るようになった。わたしの猫には、どこかニャンブラの面影がある。猿の顔の子の猫は、彼に言わせると、妹のファティマによく似ているのだそうだ。猫たちに重さはなく、声も挙げずに、ひっそりとわたしたちを見守っている。わたしたちがつくる唄を、猫たちも気に入ってくれているようだ。

猫島は動きつづけ、あてもなく海を漂っている。街の輪郭も、相変わらず曖昧なままだ。住人たちは毎朝、重い足取りで門を抜けて荒野の方に出ていき、夕方になると一片の黄金を噛みしめて戻ってくる。ふたたび、あの水の男たちが現れ、わたしたちを麻袋に詰めて舟底に放り込み、どこかへと送り出す、そんな日が来るのだろうか。Lakini dunia zazunguka（だけど世界は回りつづける）。わたしたちの唄がつづくかぎり。

15

猫が……

Paka……

俺は俺ら俺らは俺壱匹にして無数なる∞なる個

俺は俺ら俺らは俺壱匹にして無数なる∞なる個
俺（俺ら）のテリトリーに来れるものにbarakaあれ
俺（俺ら）のテリトリーから出《いづ》るものにmsibaあれ
俺（俺ら）の耕し育て口にせしものはmanenoなり
［W-A-Z-I］あるいは［W-A-Z-I-M-U］ならん
彼らより出るmaneno
ときに美味ときに極めて不味し
俺（俺ら）の唄うたいらと共に過ごす
shingo ya twiga na nyota metameta
彼らのwimbo極めて美味なり
俺は俺ら俺らは俺壱匹にして無数なる∞なる個
俺（俺ら）の声をあわせ🖐みゃうみゃうと唱和せり
みゃうみゃうと湧きおこる唄
kisiwa cha pakaを包みて雲の柱となり
雨雨雨雨となり🖐猫島に降りそそぐ
muvua inanyesha sana

雨あがり 馥郁《ふくいく》たる虹の橋立てり
俺は俺ら俺らは俺壱匹にして無数なる∞なる個
俺（俺ら）の虹の橋を渡り 天空に満つる
猫島に光隘れ唄うたいら頌歌を奏す
俺（俺ら）の欣喜雀躍《きんきじゃくやく》して
前脚後脚地に着かず宙をMAUなり
俺は俺ら俺らは俺壱匹にして無数なる∞なる個
kisiwa cha pakaに来たれるものにbarakaあれ
唄うたいらにもbarakaあれ
約束は果たされたり
一瞬と永遠
交りあいて純白のchanganyaなる器から零れんと酢
俺は俺ら俺らは俺壱匹にして無数なる∞なる個
頓首再拝
珍種到来
大いなる赤子の声此方《こなた》彼方より聞こゆ。

baraka= 祝福
msiba= 禍い
maneno= 言葉
shingo ya twiga na nyota metameta=
キリンの首とキラキラ星
wimbo= 唄
kisiwa cha paka= 猫島
muvua inanyesha sana=雨がひどく降る
changanya= 交ぜあわせる

16

身ごもり

Mimba

猿の顔の子が赤ん坊を身ごもった

猿の顔の子が赤ん坊を身ごもった
日々　お腹のふくらみが増してくる

ある日　微かな声が聞こえはじめる
どうやら胎児がうたっているらしい
Zawadi yako ni nini?
Mimi nitaishi vizuri?
　あなたの贈り物は何？
　ぼくはちゃんと生きられる？

猿の顔をしたふたなりの子は
こんなふうに唄を返す
Siwezi kukupa pesa nyingi na nguo nzuri
Kwa sababu mimi ni maskini
　わたしは貧しいので
たくさんのお金や　きれいな服はあげられない

さらに　そっと語りかけるように
唄をつづける
Naweza kukupa roho yangu pekee
Roho yangu mkubwa yenye moto
　わたしがあげられるのはわたしの心だけ
　大きくて温かい　わたしの心

赤ん坊が　お腹のなかからそれに応える
安心しきったやわらかい声で
Asante sana baba na mama
Sasa nasinzia……
　ありがとう　おとうさんとおかあさん
　なんだか眠くなってきちゃった……

猿の顔をしたふたなりの天使の声をもつ子は

低い声で子守唄をうたう
部屋の灯りが吹き消される

ジャカランダの花がどこかで匂っている。

Maziwa lala
Lala salama

睡る乳よ
安らかにあれ

二〇二三年の秋、前著の詩集『トリロジー　冬／夏／春』（港の人）の刊行の目処がほぼついたころ、ふと気が向いて資料が詰まっているファイルボックスのなかをごそごそ探っていたら、原稿用紙を束ねてコピーしたものが出てきた。一枚目に『猫島からの帰還』とある。日付も「November, 1982」と併記されている。ということは四〇年以上も前の原稿ということだ。

　最初はずいぶん昔のことで、なんだかよくわからなかったのだが、読み直しているうちに記憶がよみがえってきた。私は一九七九年九月から一九八〇年四月にかけて、東アフリカ・ケニヤのナイロビに滞在していた。ナイロビの日本・アフリカ文化交流協会（Japan Africa Culture Interchange Institute= JACII）の八期生として、スワヒリ語とアフリカ文化全般を学んでいたのだ。偶然と必然の絡み合いによってその地に導かれたとしか言いようがないのだが、私にとっては、はじめての海外長期滞在であり、いま考えると、その経験は後々までとても大きな意味を持つものとなった。

　日本に帰国後、在籍していた筑波大学大学院に復帰し、専攻する日本写真史の調査・研究をつづけていた。だが、一度火がついたアフリカ熱は醒めようがなく、一九八二年の夏にはたしか一〜二ヶ月、タンザニア、ウガンダ、ケニヤを旅している。その記憶が、この『猫島からの帰還』という連作詩を生み出すきっかけになったことは間違いない。「猫島」というのは、そのときに訪れたケニヤの東海岸、ソマリアとの国境に近いラム島を下敷きにした地名だ。イスラム教徒たちが一四世紀に建造したラムの旧市街は、ユネスコの世界遺産にも登録されている。主な交通手段がロバという街のたたずまいに強く惹かれたのだが、わがもの顔に徘徊する猫たちの姿も印象深かった。その記憶がまだ生々しいうちに、これらの詩群が形をとっていったということだろう。

読み返してみて、悪くないと思った。東アフリカの旅の記憶がしっかりと活きている。ただ、若書きで舌足らずなのと、途中で登場人物たちが行方不明になってしまって、肝心の「帰還」がどこに行き着くのかがはっきり見えてこない。でも全体を見直して、途中の詩をいくつかつけ加え、後半部分を大幅に加筆すればなんとかなりそうな気がした。それから数ヶ月余り、新たな構想をふくらませつつ、少しずつ形を整えていったのが、本書におさめた一六個の詩群である。

書きながらずっと考えていたのは、スワヒリ語の扱い方だった。おそらく、習い覚えたばかりのスワヒリ語（東アフリカ各国の公用語）を使ってみたくて仕方がなかったのだろう。元の原稿にも、タイトルを含めてスワヒリ語の言い回しがたくさん出てくる。加筆時には、それらをより積極的に取り込んでいこうと考えていた。スワヒリ語が日本語と並置されることで、ある種の異化効果を生み出すのではないかと思ったこともあるが、その響き、リズムの素晴らしさを知っていただきたかったのだ。スワヒリ語の母音、A／E／I／O／Uはほぼ日本語と同じであり、単語の後ろから二番目の音節にアクセントを置くという原則さえ守ってそのまま読めば、充分にスワヒリ語として通じる。ぜひ、実際に声に出して読んでいただきたい。

ただ、私が習ったのは、あくまでもごく初歩の教科書スワヒリ語であり、詩の言葉として使うにはやや心許ない。そこで、二〇二四年三月〜四月に二〇数年ぶりにナイロビを訪れたとき、JACIIの後輩で、当地で旅行関係の仕事をしている上野直人さんに文法チェックをしていただくことにした。上野さんはJACII卒業後、スワヒリ語発祥の地とされるザンジバル（現・タンザニア領）で、二年ほど学校に入って、本格的にスワヒリ語を学んでいる。結果的に、彼のチェックで多くの文法上の誤りを訂正できたし、語彙的にもさらに豊かなものになったと思う。

もうひとつ、この連作詩にはぜひ挿画を入れたかった。ヴィジュアルのふくらみがあれば、詩から立ち上がってくるイメージがよりくっきりしてくるのではないかと考えたからだ。自分で描くことも考えたが、乏しいデッサン力を考えると、到底うまくいくとは思えない。そこで、本書の発行元であるふげん社のギャラリーでたびたび個展を開催している高橋克之さんにお願いすることにした。快く引き受けてくださった彼のお力で、アフリカの大地を旅する「わたし」と「猿の顔をした子」の二人の姿が、鮮やかに浮かびあがってきたのではないかと思う。

ほかにも、詩集『完璧な小さな恋人』（二〇二二年）の刊行でもお世話になったふげん社の渡辺薫さん、関根史さん、装丁・デザインの宮添浩司さんなど、多くの方々のお力添えを受けた。皆様のご尽力で、私にとっても大事な本が、詩画集としてしっかりとできあがったことに感謝したい。本書が、できるだけ多くの方たちの手に届き、新たな反響を呼び起こすことを願っている。